# 我會説故事

# 聰明的小烏鴉

新雅文化事業有限公司

www.sunya.com.hk

**我會說故事**
**聰明的小烏鴉**

插　　　畫：野人
責任編輯：甄艷慈
美術設計：李成宇
出　　　版：新雅文化事業有限公司
　　　　　　香港英皇道499號北角工業大廈18樓
　　　　　　電話：（852）2138 7998
　　　　　　傳真：（852）2597 4003
　　　　　　網址：http://www.sunya.com.hk
　　　　　　電郵：marketing@sunya.com.hk
發　　　行：香港聯合書刊物流有限公司
　　　　　　香港荃灣德士古道220-248號荃灣工業中心16樓
　　　　　　電話：（852）2150 2100　　傳真：（852）2407 3062
　　　　　　電郵：info@suplogistics.com.hk
印　　　刷：中華商務彩色印刷有限公司
　　　　　　香港新界大埔汀麗路36號
版　　　次：二〇一四年七月初版
　　　　　　二〇二三年三月第九次印刷

ISBN 978-962-08-6157-4

# 給家長和老師的話

對於學齡前的孩子來說，聽故事、說故事和讀故事，都是他們樂此不疲的有趣事情，也是他們成長過程中一個非常重要的經驗。在媽媽、老師那溫馨親切的笑語裏，孩子一邊看圖畫，一邊聽故事，他已初步嘗到了「讀書」的樂趣。接着，再在媽媽、老師的教導下，自己學會說故事、讀故事，那更是給了孩子巨大的成功感。

本叢書精選家喻戶曉的著名童話，配上富有童趣的彩色插畫，讓孩子看圖畫，說故事，訓練孩子說故事、讀故事的能力。同時也訓練孩子學習語文的能力——每一個跨頁選取四個生字，並配上詞語，加強孩子對這些字詞的認識。詞語由故事內的詞彙擴展到故事外，大大豐富了孩子的詞彙量。故事後附的「字詞表」及「字詞遊樂園」，既讓孩子重溫故事內的字詞及學習新字詞，也增加了閱讀的趣味性。

說故事是一種啟發性的思維訓練，家長和老師們除了按故事內的文字給孩子說故事之外，還可以啟發孩子細看圖畫，用自己的語言來說一個自己「創作」的故事，這對提升孩子的語言表達能力和想像力會有莫大裨益。

願這套文字簡明淺白，圖畫富童趣的小叢書，陪伴孩子度過一個個愉快的親子共讀夜或愉快的校園閱讀樂時光，也願這套小叢書為孩子插上想像的翅膀！

kōng
空

tiān kōng
天空

kōng qì
空氣

shí
時

shí jiān
時間

shí dài
時代

yì zhī xiǎo wū yā zài tiān kōng zhōng fēi
一隻小烏鴉在天空中飛

le hěn cháng shí jiān　　tā jué de hěn kǒu kě
了很長時間，他覺得很口渴，

kǒu

口

kǒu kě
口渴

rén kǒu
人口

shuǐ

水

qì shuǐ
汽水

shuǐ guǒ
水果

yú shì tā xiǎng zhǎo diǎn shuǐ lái hē
於是他想找點水來喝。

jiàn
# 見

jiàn dào
見到

jiàn xiào
見效

shān
# 山

shān pō
山坡

shān dì
山地

tā zhǎo a zhǎo a　　dōu jiàn bú dào shuǐ
他找啊找啊，都見不到水。

tā lái dào yí gè xiǎo shān pō shang　jiàn dào nàr
他來到一個小山坡上，見到那兒

nà
那

nàr
那兒

nà li
那裏

píng
瓶

píng zi
瓶子

huā píng
花瓶

yǒu yí gè xiǎo píng zi lǐ miàn yǒu yì diǎn diǎn de
有一個小瓶子，裏面有一點點的

shuǐ
水。

bǎ
把

bǎ guān
把關

bǎ bǐng
把柄

miàn
面

lǐ miàn
裏面

jiàn miàn
見面

xiǎo wū yā bǎ zuǐ ba shēn jìn píng zi li
小烏鴉把嘴巴伸進瓶子裏，

dàn lǐ miàn de shuǐ tài shǎo le　　xiǎo wū yā shēn cháng
但裏面的水太少了，小烏鴉伸 長

8

cháng
長

shēn cháng
伸 長

cháng duǎn
長 短

hē
喝

hē shuǐ
喝 水

hē chá
喝 茶

le bó zi　　dàn shì zěn me yě hē bú dào shuǐ
了脖子，但是怎麼也喝不到水。

hǎo
好

měi hǎo
美好

hé hǎo
和好

cái
才

cái néng
才能

rén cái
人才

zěn me bàn hǎo ne　　zěn yàng cái kě yǐ hē
怎麼辦好呢？怎樣才可以喝

dào píng zi　lǐ miàn de shuǐ ne
到瓶子裏面的水呢？

10

xiǎng
想

xiǎng fǎ
想法

sī xiǎng
思想

fǎ
法

bàn fǎ
辦法

fǎ lǜ
法律

xiǎo wū yā xiǎng a xiǎng a　zhōng yú xiǎng dào
小烏鴉想啊想啊，終於想到

le yí gè hǎo bàn fǎ
了一個好辦法。

pō
坡

shān pō
山坡

xié pō
斜坡

shí
石

shí zǐ
石子

shí tou
石頭

tā zài shān pō shang zhǎo lái le yì xiē xiǎo
他在山坡上找來了一些小

shí zǐ rán hòu bǎ xiǎo shí zǐ yì kē yì kē de
石子，然後把小石子一顆一顆地

12

kē

顆

yì kē

一 顆

kē lì

顆 粒

tóu

投

tóu jìn

投 進

tóu xiáng

投 降

tóu jìn píng zi lǐ miàn qu

投進瓶子裏面去。

13

chén

# 沉

chén dào
沉到

chén zhòng
沉重

màn

# 慢

màn chē
慢車

kuài màn
快慢

xiǎo shí zǐ yì kē yì kē de chén dào píng
小石子一顆一顆地沉到瓶

dǐ píng zi lǐ de shuǐ màn màn de shēng gāo qǐ lai
底，瓶子裏的水慢慢地升高起來

gāo
高

shēng gāo
升 高

gāo dà
高 大

cháng
常

fēi cháng
非 常

rì cháng
日 常

le xiǎo wū yā fēi cháng gāo xìng
了。小烏鴉非常高興。

hòu
後

rán hòu
然後

hòu lái
後來

fàng
放

fàng jìn
放進

kāi fàng
開放

tā jì xù qù zhǎo xiǎo shí zǐ　rán hòu zài
他繼續去找小石子，然後再

bǎ xiǎo shí zǐ fàng jìn píng zi li　píng zi lǐ de
把小石子放進瓶子裏，瓶子裏的

zhōng
終

zhōng yú
終於

zhōng jié
終結

sheng
升

shēng dào
升到

shēng jiàng
升降

shuǐ zhōng yú chà bu duō shēng dào píng kǒu le
水 終於差不多升到瓶口了。

zài
再

zài jiàn
再見

zài huì
再會

xià
下

xià cì
下次

xià mian
下面

xiǎo wū yā zài bǎ zuǐ shēn jìn píng zi li
小烏鴉再把嘴伸進瓶子裏，

tā yí xià zi jiù hē dào shuǐ le
他一下子就喝到水了。

xiǎo
# 小

xiǎo xīn
小心

dà xiǎo
大小

míng
# 明

cōng míng
聰明

guāng míng
光明

xiǎo wū yā hǎo cōng míng a
小烏鴉好聰明啊！

# 字詞表

| 頁碼 | 字 | 詞語 | |
|---|---|---|---|
| 4-5 | kōng 空 | tiān kōng 天空 | kōng qì 空氣 |
| | shí 時 | shí jiān 時間 | shí dài 時代 |
| | kǒu 口 | kǒu kě 口渴 | rén kǒu 人口 |
| | shuǐ 水 | qì shuǐ 汽水 | shuǐ guǒ 水果 |
| 6-7 | jiàn 見 | jiàn dào 見到 | jiàn xiào 見效 |
| | shān 山 | shān pō 山坡 | shān dì 山地 |
| | nà 那 | nàr 那兒 | nà li 那裏 |
| | píng 瓶 | píng zi 瓶子 | huā píng 花瓶 |
| 8-9 | bǎ 把 | bǎ guān 把關 | bǎ bǐng 把柄 |
| | miàn 面 | lǐ miàn 裏面 | jiàn miàn 見面 |
| | cháng 長 | shēn cháng 伸長 | cháng duǎn 長短 |
| | hē 喝 | hē shuǐ 喝水 | hē chá 喝茶 |
| 10-11 | hǎo 好 | měi hǎo 美好 | hé hǎo 和好 |
| | cái 才 | cái néng 才能 | rén cái 人才 |
| | xiǎng 想 | xiǎng fa 想法 | sī xiǎng 思想 |
| | fǎ 法 | bàn fǎ 辦法 | fǎ lù 法律 |

20

| 頁碼 | 字 | 詞語 | |
|---|---|---|---|
| 12-13 | pō<br>坡 | shān pō<br>山坡 | xié pō<br>斜坡 |
| | shí<br>石 | shí zǐ<br>石子 | shí tou<br>石頭 |
| | kē<br>顆 | yì kē<br>一顆 | kē lì<br>顆粒 |
| | tóu<br>投 | tóu jìn<br>投進 | tóu xiáng<br>投降 |
| 14-15 | chén<br>沉 | chén dào<br>沉到 | chén zhòng<br>沉重 |
| | màn<br>慢 | màn chē<br>慢車 | kuài màn<br>快慢 |
| | gāo<br>高 | shēng gāo<br>升高 | gāo dà<br>高大 |
| | cháng<br>常 | fēi cháng<br>非常 | rì cháng<br>日常 |
| 16-17 | hòu<br>後 | rán hòu<br>然後 | hòu lái<br>後來 |
| | fàng<br>放 | fàng jìn<br>放進 | kāi fàng<br>開放 |
| | zhōng<br>終 | zhōng yú<br>終於 | zhōng jié<br>終結 |
| | shēng<br>升 | shēng dào<br>升到 | shēng jiàng<br>升降 |
| 18-19 | zài<br>再 | zài jiàn<br>再見 | zài huì<br>再會 |
| | xià<br>下 | xià cì<br>下次 | xià mian<br>下面 |
| | xiǎo<br>小 | xiǎo xīn<br>小心 | dà xiǎo<br>大小 |
| | míng<br>明 | cōng míng<br>聰明 | guāng míng<br>光明 |

# 字詞遊樂園

## 加減識字法

　　小朋友，故事中的小烏鴉是不是很聰明？我們也來做個聰明的小朋友，玩玩「加減識字法」遊戲。請仿照下面的例子，在橫線填上適當的字吧！

 坡 － 土 ＋ 石 ＝ 破

1. 明 － 月 ＋ 寺 ＝ ＿＿＿＿

2. 地 － ＿＿＿＿ ＋ 女 ＝ 她

3. 想 － 相 ＋ ＿＿＿＿ ＝ 思

4. ＿＿＿＿ － 頁 ＋ 木 ＝ 棵

5. 好 － 子 ＋ 未 ＝ ＿＿＿＿

6. 間 － 日 ＋ ＿＿＿＿ ＝ 閃

# 圈字識詞語

小朋友，小烏鴉在天空中見到下面的一塊農田上有很多字，當中可以和「天空」的「空」字組成很多個詞語。你能找出來嗎？請仿照例子圈圈看。

例子　天空

| | | | |
|---|---|---|---|
| 空 | 氣 | 太 | 田 |
| 航 | 天 | 空 | 突 |
| 明 | 高 | 白 | 間 |
| 心 | 空 | 道 | 空 |

# 附《聪明的小乌鸦》简体字版

**P.4-5**

一只小乌鸦在天空中飞了很长时间,他觉得很口渴,于是他想找点水来喝。

**P.6-7**

他找啊找啊,都见不到水。他来到一个小山坡上,见到那儿有一个小瓶子,里面有一点点的水。

**P.8-9**

小乌鸦把嘴巴伸进瓶子里,但里面的水太少了,小乌鸦伸长了脖子,但是怎么也喝不到水。

**P.10-11**

怎么办好呢?怎样才可以喝到瓶子里面的水呢?小乌鸦想啊想啊,终于想到了一个好办法。

**P.12-13**

他在山坡上找来了一些小石子,然后把小石子一颗一颗地投进瓶子里面去。

**P.14-15**

小石子一颗一颗地沉到瓶底,瓶子里的水慢慢地升高起来了。小乌鸦非常高兴。

**P.16-17**

他继续去找小石子,然后再把小石子放进瓶子里,瓶子里的水终于差不多升到瓶口了。

**P.18-19**

小乌鸦再把嘴伸进瓶子里,他一下子就喝到水了。
小乌鸦好聪明啊!